歌集

徒長枝《とちやうし》

藤田美智子

砂子屋書房

＊目次

Ⅰ

Ⅱ

III

装本・倉本　修

歌集　徒長枝

I

駆けゆく子

空に向かふ子の声大きくなりゆけりブランコの揺れ強くなりつつ

イチゴの匂ひする頬寄せて語りくる今日もさびしき思ひさせしか

泣きやまぬ子に吹きやりしたんぽぽの綿毛が夕靄のなかに溶けゆく

手も足もやはらかくなりて眠る子にゆふべに閉ぢる花を思へり

母われに置きてゆかるる夢みしか子は布団より這ひ出して泣く

横向きに両手を伸べて眠る子の夢に捕ふるもののあるべし

見送りに出できしがつひにゆがみたる子の顔浮かぶ雨の車道に

子の飼へる甲虫闇に動くらし部屋の隅より森の匂ひす

「風がぼくの力になる」と幼子はマフラーを捨て駆けてゆきたり

画鋲

サッカーの練習を終へ戻り来し少年は風のにほひをまとふ

悪口の相手を本当は好きなのと廊下の隅に呼べば答ふる

別れが辛くなるから犬に名はつけない　母とふたりで暮らす少年

床に散りたる画鋲を缶に集めつつ昂ぶりし児を背《せな》にうかがふ

どうしても納得のいかぬ決まりとぞ声変はりせし児らは譲らず

激しやすき少年の髪さらさらと冬の明るき日射し透せり

われよりも肩幅広き生徒らに問はれて語るとほき日の恋

潮の匂ひ

地球と子宮似たる響きと思ひつつ抱かれて深き闇に入りゆく

透きとほる音をもつ星が彼方より冬夜の空気をふるはせてをり

朝《あした》よりかかりてゐたる蜘蛛の糸月の光に細く縒《よ》らるる

口少し開けて眠れる子をはさみ互《かた》みの心探りつつをり

冷気含めるジーンズのままに吾れを抱き君は青年の日にかへりゆく

空の色を映して青き川の面《も》を語らふごとく二羽の鴨ゆく

月冴ゆる夜のわがままわが知らぬ君の過去などひとつもあるな

ほんたうは何者ならむ抱かれたる厚き胸より潮の匂ひす

鬼にもなれず

幼子が盛りて金魚の墓とせし土の表面の白く乾きぬ

広げたる羽を見しとぞ甲虫を放たむ決意告げに来し子は

見つかるを待てずに顔を出す吾子に隠れんばうの鬼にもなれず

顔寄せてささやかむとし幼子は言葉より多く息をかけきぬ

布団より半分顔を出して子は聞きをり狼の死ぬ結末を

寝《い》ぬる間に心を洗ひくるるとふ宿あり子の読む童話のなかに

猿になり兎になりて読む吾子の声の降らせし雪かと思ふ

咳止まぬ子とこもりゐる部屋の窓ぬぐへば降りくる雪の速さよ

超人にも怪獣にもなる自在さをもつ子とひとつ布団に眠る

その問ひのため——アウシュヴィッツ（オシフィエンチム）への旅——

同胞を殺す役にて生き延びし生ありと聞く暗きガス室

胸に抱くわが子の歳《とし》に近からむ殺されし子らの靴積まれをり

母と娘《こ》が声をころして泣きゐたりコルベ神父の監房の前

コルベ神父の祈りと讃美歌の声低く餓死監房の壁に沁みゐる

肌白き少女がじつとみつめをり展示されゐる三つ編みの髪

餓ゑに病に倒れし人らの影見ゆる中庭に子は虫を探せる

殺したのは誰と問ひくる幼子よいつかまた訪へその問ひのため

II

泰山木

剪定したる桃の枝焼く煙立ち果樹の畑より春は生まるる

にはかなる雨をも受け止むる覚悟見ゆ泰山木の白き花びら

根と枝が互ひを羨む日のあらむ風の強き日花の開く日

芽吹きゆく木木に力を分かちゐむ色淡く咲く山桜花

校庭の空気ぐいぐい引つ張りぬ視線ますぐに球追ふ児らは

チビと言はるるを悔しがりつつ球を追ふ少年よ風をつかまへに行け

家出せし母を語らず少年は手を洗ひをり日にいくたびも

釣り好きの少年の描く魚の背の反り美しき曲線をなす

弱いやつが悪いと言ひ張りし祐介の母の病気をわが知らざりき

目つき険しく席に着きたる少年よひとり朝餉をとりてきたるや

眉の色

放ちたる稚魚を描《か》く子のまだ知らぬ海までの距離海からの時間

夏休み自由研究の作品展わが力作の一点もあり

濃き闇の溜まれる盆地の街の灯を狐の親子のやうに見下ろす

遠くにて嗅ぐはうが香り強しとぞ発見を告げ子の声太し

木犀の香を生む冷気少年の眉の色をもはつか濃くする

父の帰りを待ちゐたる子のグローブが硬くなりをり玄関先に

咳の子はわれの帰りを待つならむ居残る児らの帰りをせかす

悔しさが悲しみとなりてゆくまでを子は饒舌にふるまひてをり

やられたらやり返せなどとは言へず取りたる吾子の手のやはらかさ

語りたくなき悲しみをもつならむ吾子は枕を抱きて眠る

もう管を

もう管を外してくださいと言ふ母に父は静かにうなづきにけり

名を呼べど答へぬ母の名を呼べりふりしぼるごとき声にて父は

紫の絽織の着物をかけやりぬ黄泉にても母が母でゐるため

野火の焼きしゆふべの土手を渡る風甘き匂ひを残しゆきたり

いづくの野辺を母の魂はゆくならむ畳ふるはせ雷の鳴る

言はざりき母に詫びねばならぬこと　くおんくおんと風の音する

どの角度より見れどわづかに逸るるなり遺影のなかの母の視線は

こらへむと心を決めゐし母ならむ冬の夜は燠の始末などして

シャツの裾

クイズ解くごとき名もあり四月より受け持つ児らの名簿を作る

入学式の呼名に児らは返事する楷書の太き筆字のやうな

シャツの裾をだらりと出して帰りゆく少年は心の内を語らず

めつたには笑はぬ少女打ち返す球に向かひて両手を広ぐ

登校をしぶりて雨の中に泣く少女の髪のかたく編まるる

口数の少なくなりし少年の文字少しづつ角ばりてきぬ

笑みをつくりこらへてきたる悔しさを少年は告ぐ言葉短く

「どうせ俺は」を口癖にする少年が居残りて式の解き方を問ふ

教室に微笑み生まる〈恋水〉の万葉集の読み教ふれば

取り札に伸ばす少女の手の見えて少年の指しばしためらふ

〈心の風景〉といふ絵の課題少年は紙の真中《まなか》に砂時計描く

素直には気持ちを出せぬ少年のズボンの裾より見ゆる踝

人づてに知りたる悪口を抱へつつ少女は廊下にぺたんと座る

言ひ合ふも黙すも傷つくこととならむカーテンの襞に闇のたまれり

飼ひ猫の死を告げわつと泣き出しぬ上靴ゆつくり履きてまもなく

担任のわが目うかがふやうに見き言葉荒げて抗ひくるも

理解できぬ授業を一日受けし児の机に片眼の落書きのあり

紫の傘くるくると回しつつ帰りゆく児は嘘を残して

まじめな奴と言はれぬやうにふるまへる少年のシャツ風をはらみぬ

＊

はにかみつつ登校せざりし日を語る作業着似合ふ青年となり

父を激しく憎みゐたりし教へ子が父となる日を知らせて来たる

父の眼鏡

脛の骨の太きを拾ふ一生を働きとほしし父の骨なり

駆けつけしときには手も足も冷たかりきいま温かき骨壺を抱く

笑みゐたるはずの遺影の父の眼のうるむときありしばし向き合ふ

包みさへ開かぬままに遺したりシャツやセーターわが贈りしも

風になどなるはずもなし亡き父が気づけば部屋の隅にたたずむ

遺されし父の眼鏡に汚れあり優しくせざりし悔いが込みあぐ

在りし日のままに掛け置くジャンパーの袖緩やかなカーブを保つ

雨音に混じれる低き声のあり誰の声かをわれは知りゐる

南国の僧侶の列に紛れゐむ丸刈りの父が茶の袈裟を着て

石蹴るやうに

帰宅遅き吾れに子は言ふ寂しさに兎は死ぬことあるんだつてよ

少年の憂鬱を深くするならむ梨の花夕暮れの道に真白し

おふくろと言ふには時間かかるらし夫を気安くおやぢと呼ぶに

飲み込みたる葡萄の粒とこみあげてくるものが喉の奥にぶつかる

知らぬ間に子を追ひつめてゐるならむうつ伏せのまま身動きもせず

輪郭のなき月でよし隠さずに言つてしまへばともに傷つく

結果より過程が大事と生徒らを励ますことば子にかけやれず

舌に色つく駄菓子も食べてみたかつた石蹴るやうに吾子はつぶやく

川の恥ぢらひ

蛙葉を引き合ふ遊びに勝つためのコツありき手がふと思ひ出す

迎へくれしは地球の草の香りとぞ宇宙飛行士の言葉が届く

干上がりて底をあらはに曝しゐる川の恥ぢらひを見し思ひする

上弦の月見上げつつわが体の重心すこし右に傾く

時刻む音のみ聞こゆる部屋にゐて言ひ出せぬまま口渇きゆく

ひと夜経て重さひそかに増してゐる稲穂は月の雫をあびて

呼び合ひて確かむるものもつならむ声あげて夜空を渡りゆく群れ

こぼれてしまひさうな涙を喉の奥にこらえて短く電話を切りぬ

旧姓にわが名呼ばれていつよりか探してゐたる自分と出会ふ

『星の時間』

点滴のラベルに病名を知りしとぞ看護学校に学びゐしゆゑ

残された時間はもうない　別れぎはに聞きしことばをみぞれが濡らす

あとがきは「ありがたう」だけにすると言ひたるひとの静かな覚悟

〈つかの間の生の時間〉と歌に詠み四十二年の生を閉ぢたり

『星の時間』と歌集の名前知りながら『モモ』の話をせずに別れき

完成を待ちゐし歌集抱きしめて小松智子は旅立ちにけり

学友が葬送に歌ふ〈ムーン・リバー〉遺影のあなたはじつと聞きゐる

パンの屑

山車の梶を取る役終へて帰り来し太き腕《かひな》がわれを引き寄す

面を打つ稽古なしつつ少年は竹を鍛へてゐるかもしれず

勝ちてなほ不機嫌な子の道着よりその父になき匂ひ漂ふ

励まさむと思へばことばは荒くなる食卓にパンの屑を散らして

ひとつところ見つめる時間の長くなり右より見れば青年の顔

僅かにも思ひのずれる夜の更けに夫は音立て足の爪切る

はつきりとものの言ふわれが苦手とぞ苦手は嫌ひよりも複雑

夕闇がとつぷりわれを包みゐき「もういいかい」と目隠し取れば

雀

シケイロスの絵より突き出たる筋肉に胸つかまれき十八の夏

涙はとうに涸れしとフジコヘミングは　われにはまだあり流す涙の

同じ名の若き死を母は悼みゐき樺美智子の記憶　六月

八月の長崎に知る　幼子の骨を花びらと詠みし俳句を

あわれ七ヶ月の命の、花びらのような骨かな　（松尾あつゆき『原爆句抄』）

亡き父と母も座れば数の合ふ旅先の駅のホームの椅子は

前世など考へたこともなきわれの前にちよこんと一羽の雀

言ひかけて止めたる言葉は何ならむ車窓に付きて雪の解けゆく

生きろ

不機嫌にもの言ふ少女セーラーの襟重たげに肩を下げをり

イチローさへ胃潰瘍にもなるのだと春風のなか歩幅を広ぐ

いつのまに少年は我が背を越したるや「先生」と呼ぶ声の優しく

太き線にて描かれし少年の自画像の鋭き眼《まなこ》何を睨める

体操着泥に汚して遊びゐし昨日の少女が初潮を告げ来《く》

汗滲む額に髪を張りつけて少女は嘘を混ぜつつ語る

生きること生きれば生きろ命令形言ふとき最も力がこもる

やうやくに登校したる女生徒のかばんに小さきいちごの飾り

Ⅲ

起き上がり小法師

震度6の揺れに棚より落とされし起き上がり小法師落とされても立つ

電気なき夜に蠟燭を灯しつつ夫の顔の輪郭を知る

原子炉を冷やすべく水を注ぐ日も天には星がひしやくを描く

春雨に刈り株やはらかくなりぬ涙にこころ落ち着くやうに

木蓮の芽はふくらみぬ放射能を含むといへる雨の降るとも

濡るること吾は怖るる春雨に芽吹き初めたる木木が濡れゆく

雨降れば雨風吹けば風を怖れをりもうすぐ桜の蕾ふくらむ

庭の線量四・六七マイクロシーベルト地面近くをしじみ蝶舞ふ

大縄跳びの縄

虫好きの少年の持つメモ帳に花潜《はなむぐり》とふ虫の名を知る

大縄跳びの縄のやうだつた電線は　地震のさまを少年の書く

ばあちやんとしやべるのは久しぶりだつた　地震が少女と祖母とをつなぐ

避難所より登校する兄と妹は校門の前にて少し距離とる

子の熱の下がるを待ちて幾たびも測るに似たり線量計を手に

窓を開けるな雨に濡れるな緑濃き五月を禁止の言葉が汚す

汚染土の埋まる校庭に球を追ふ児らの背を押す六月の風

縮む福島

大丈夫と言ひ聞かせつつ選びをり福島産の胡瓜とトマト

転校してゆく児らの書類を書く日日に「縮む福島」といふ記事を読む

〈頑張ろう〉の旗が〈負けない〉に変へられて湿度の高き福島の夏

救援の物資かるがると運びゐし若きらが立つ甲子園球場

福島を背負ひ戦ふなど言ふなかれ高校野球は君たちのもの

被曝線量を測るバッジとミッフィが少女の背負ふかばんに揺れる

福島産を食ふか食はぬかの選択がいつしか人と人とを隔つ

放射能の話にまたかといふ顔す戦争の話はごめんとも似る

尊敬する人はと問へば黙黙と果物つくる父と答へ来《く》

デジタルの赤き数字の線量計かつて百葉箱のありし辺りに

河馬

行く先の決まらぬ汚泥の上に降る雨の混じりて重さ増す雪

校庭のサッカーゴール雪の日もシュート受け止むる構へにて立つ

岩手宮城の瓦礫でさへも拒まるる東北の四月まだ雪が降る

目に見えぬセシウムの量はいかほどか田んぼの雪はまだらに残る

閉園のままに一年うつすらと放射能積む遊具の河馬も

傷つきて黙せる背中を追ひゆけば靴の先より雨が沁みくる

セシウムの降りたる大地を覆ふごとおほいぬのふぐり一斉に咲く

味噌つけて齧ることはもうないだらう阿武隈川の土手の野蒜を

除染除染と日日くり返し聞くうちにただの汚れとなる放射能

福島の桃は本当にうまかつた　過去形にされ語られてゐる

線量を気にする児らに諭されぬ授業に落ち葉を使はむとして

小さき花壇の並ぶ棟、洗濯物の多き棟　仮設住宅のはつかなる個性

避難先の窯に焼かれし相馬焼の皿に二頭の馬が駆けゆく

三百トンのトンのトンのトントントン軽やかに汚染水漏れ報じられゐる

福島つてどこと問はれし日のありきもう向けらるることのなき問ひ

「東京は安全です」といふ首相「は」にて切り捨てらるる福島

続きゐる送電線二百五十キロ五輪招致にその距離を言ふ

甲状腺検査

甲状腺検査のために休みたる少女の席のつくる空間

無理に笑顔をつくる自分が嫌と言ふ少女は髪をきつちり結ぶ

プリントをよくなくす児の言ひ訳に出てくる弟の名前はつばさ

「どちらから?」「福島です」に生まれたる一瞬の間を少女は語る

少女らが饒舌に水を語り合ふ二年ぶりなるプールの授業

「不安だけど忘れていたい」甲状腺検査のあとの少女の日記

ピアノさへなきまま二年半を過ぐ仮設校舎の音楽室は

バスパートを豊かに歌ふ少年の学生服の黒さ際だつ

戻りたい戻れない戻らない少年は避難先にて高校を選ぶ

春のにほひ

ゆつくりと風に流されゆく雲がオリオン星座の位置を変へゆく

霜柱に持ち上げられて息をせり汚染されたるままの大地が

耕さるる日を待つ大地の良し悪しを放射線量の値が決める

蜜多き自慢の林檎を送るにも〈安全です〉のカードを入れて

早春の夜空に北斗七星の柄は反り返る背を伸ばすごと

放射能をつい歌にする暮らしより逃れ得ぬまま桜を仰ぐ

田を泳ぐ一羽の鴨に優しかり朝《あした》の風にそよぐ稲穂は

好みきし福島弁の「さすけねえ」軽くは言へぬ場面に出会ふ

子を叩くやうになつてと教へ子が自主避難より戻りきて言ふ

ふるさとに戻りたき母とこの地にて生きるといふ父と少女は暮らす

つぼみ持つ桜の根つこも吸ひあげむストロンチウムを含む地下水

林檎畑に残る切り株　大地より突き上げられし拳とも見ゆ

震災時の自衛隊員のやうになる！　少年の夢の行方を恐る

卒業の日が近づきたり教室の窓枠を春のひかりが広ぐ

線量の下がらぬままの校庭に少女は春のにほひを告げる

お下がりのセーラー服を着る少女列の後ろに大人びて見ゆ

不登校のままに卒業させし児が夢のなかにてドラムを叩く

富岡の夜ノ森公園の名はあらず桜の開花予想の記事に
沖縄も水俣もわが福島の原発さへも余所事だつた

喉にある言葉

国会前の集会雨の日が多し向かはむ道に警官が立つ

表はpeaceめくればwarといふカード出したる人の手を記憶せよ

選挙カーにて連呼する声届ききぬ名前が風にちぎれちぎれに

またひとつ桃畑消ゆ残されし切り株を冬の雨が撫でゐる

股引《ももひき》の足が前後に揺れゐたり仮設住宅の軒に干されて

浪江町の最低気温を報じゐる　住民〇《ゼロ》の浪江なれども

主根よりひげ根に土はからまれりささいなことにわれもこだはる

水を掻く強さの違ひを見せくるる鴨の引きゆく水脈《みを》の角度は

川にゐるときより体を伸ばしつつ白鳥は田に籾殻つつく

言ひ負かしたるのちの寂しさ耳たぶの裏に酸つぱきものがこみあぐ

窓の向かうの闇を見つめてゐたはずが一瞬自分の視線と出会ふ

映画「祖谷物語～おくのひと～」を観る。

沈黙といふ表現を田中泯お爺の役に見せてくれたり

日の暮れて山のかたちに吸はれゆく一本一本づつの木木たち

移ろひし季節に置いてゆかれたり蜂屋柿たわわに実りたるまま

言ひ出せぬ言葉喉《のみど》にある夕べ雪の気配に樹の緊まりゆく

落葉せし樹の溜めきたる力あり天に向かつて徒長枝伸びる

鳥たちの群れ

灰色の空が電線を太く見せ悲しみは横に広がりてゆく

小牛田とふ読みも知らざる行き先の電車に乗りし夕暮れありき

手の鳴る方を探りゆきても誰もをらず遊びのなかさへ鬼は寂しい

懸命に捜し物する眼《まなこ》して少女はスマホの画面を撫でる

啄木のうた教へたり　なぜ〈空〉が穴かんむりかと問ふ少年に

鳥の群れに似て少女らが繰り返す分かれてはまた一つになるを

手当てせむと触れたる唇《くち》のやはらかし少年は切れたる訳を語らず

草を嗅ぐ犬の被曝を案じゐし少女もまもなく十八になる

内気なる生徒の賀状に下書きの鉛筆の線薄く残れる

卒業写真の隅に囲まれゐし顔のぽかりと浮かぶ眠れぬ夜は

ないがまま

四つ相撲をかつてはとりし夫と子が言葉交はさずたたかふ五月

黄色い線の内側よりももつと内側に俺は立つてると子がつぶやけり

硬き桃青臭きトマトを好む子よためらはず自分の思ひを語れ

あるがままと言ふ吾れにないがままだよと息子は言へり寒の夜の道

夕飯は鍋を囲まうと言ひ出せり帰省せし子のまた少しやせ

少年はいつしか青年になりてをり風の匂ひを纏はずなりて

寂しさを球のかたちに抱へ持つ息子と少し離れて歩く

ゆつくりと雲が東に流れゆきまはり舞台に立ちをりわれは

もの言へぬ空気秘かに広がりぬ駅のごみ箱も蓋されてゐて

赤信号の下に点きたる矢印に促されつつアクセルを踏む

傷つけてわれも傷つきたる夕べ匂へる花のありかを探る

花あまた咲かせつつますぐに立つ葵《あふひ》夜には闇に身をまかせゐむ

颪を待つ

やはらかな東北訛りに田を売れと迫りきし声が受話器に残る

「廃炉まで四十年はかがんだど　生きでるうぢの話でねえな」

色あせし「がんばろう」の旗吹かれをり信用金庫伊達支店前

最終の目途なく中間貯蔵とぞ苦き笑ひの腹にたまれり

「戻れぬと言はれたはうが楽だよ」と口と頬のみ緩ませて言ふ

どうせ住めぬと言はるる土地を故郷に持つ人らゐる黙しつつゐる

ふるさとを失ふ悲しみわれは知らず熟柿冷たく手のなかにあり

ひそやかに汚染水流れ込む海を照らしつつ月は渡りゆくなり

旅先のタクシー運転手に斬られたり「原発事故は自然災害」

原子炉に海水注がれゐし夜も淡き光を星は放ちゐき

仮設住宅の部屋に扇風機は回りゐて老婆は外に風を待ちをり

Ⅳ

かぞへ歌

一つとや人と人とのつながりの断たれし町に桜咲き継ぐ

二つとや踏みたる覚えのなきままに避難の人らの足を踏みゐむ

三つとや皆で故郷へ帰る夢疾うになくして五年めの春

四つとや嫁と孫とは戻らない戻つて来いとは言ひ出せぬまま

五つとや慰問なき仮設住宅にどこよりも早く夕暮れは来る

六つとや無理と知りつつ子や孫と共に暮らせる春をひた待つ

七つとや「なんぼなんでも無理だべで」汚染土積まるる村へ帰るは

八つとややつと慣れたと思つても避難先では「避難の人ら」

よもぎ

放射能への怖れ薄らぎゆく日日に辛夷の蕾の産毛が光る

さみどりのよもぎを摘むか摘まないかいつまで続くてんびんばかり

富岡二小の校庭にボール転がれりだあれも取りに戻りては来ず

桜並木はゲートの向かうわが住める福島と違ふフクシマが見ゆ

「ののちゃん」のひとコマと同じ大きさに汚染水漏れが報じられゐる

「村ヲデヨ」「村ニモドレ」と命令を下す人とほきところに住まふ
五年とふ時は刻まず請戸小の時計は津波の時刻を指して

傘を打つ雨

鶫が白木蓮の花びらを食みをり春のくるる贅沢

北への旅に知りたる訛りまねながら「んだすな」などと相槌を打つ

犬猫が苦手を共通項とするわが家族みな甘えん坊なり

母われに似るのが嫌と言ふ息子と中島みゆきの〈糸〉を聞きゐる

八枚の肖像画掛かる部屋にゐて八人の視線を一斉に受く

活字読む同士ひとりを見つけたり向かひ座席の七人のなか

水張田の水の匂ひを運びくる風の重さよ母の忌が来る

魚より大きいのちの潜《ひそ》みゐむ水嵩ましてふくれゆく川

傘を打つ雨音のリズム聞きながら会ふまでの心整へてゐる

どこまでを守つてやれるものならむ雨に濡れたるリュックを下ろす

自らを責めるな責めるなよ風は木の葉を鳴らし過ぎゆく

群青の色を広げてゆく空に弾《はじ》かれしごと光《て》る夕星は

乱雑な部屋に空つぽのペットボトル寂しさ詰めて転がりてゐる

現れし川底の砂の曲線が荒れし日の水の記憶を語る

勇者メロス

選びたる絵本手に手に寄り来たる幼き児らの匂ひを抱く

絵本のありかを尋ねる児らに答へつつ優しき声の持ち主となる

「寂しい」の対義語は何　満開となりて桜の闇に真白し

いぢめより逃れて戻るふるさとのあると思へず自主避難ゆゑ

教室に吾《あ》を呼ぶ声のやはらかし行書の文字を筆に書きつつ

オハヨウと唇は確かに動きたり少年なりの朝の挨拶

酒好きの医師《くすし》はよき友？ わろき友？ 徒然草を児らは楽しむ

俳句の授業の案を立てむと2Bの鉛筆三本卓に揃へる

青き電飾を巻かれたる木木の戸惑ひが点滅しをり雪空のもと

語られずなりゆく怖れも沈ませてセシウムあまた溜まるダム底

自宅に帰る人らに許可を取れといふ理不尽をもう誰も怒らず

春浅き教室に児らは語り合ふ勇者メロスの心の揺れを

アイムファインと声揃へ言ふ教室にマスクかけたる児も二人ゐて

通分はせずに約分してしまふ児の消しゴムのすぐに減りゆく

夕焼け

削げ落ちたる石仏の顔の眼のあたり黄昏れどきをはつか窪める

路地を一本違へたるらしあるはずのなき教会が不意にあらはる

聖夜にはソの音低く鳴り出さむ蔵にしまひたるままのオルガン

常盤屋の濃きそばつゆを懐かしむ主張することいつしか怖れ

むきになり答へし日あり√《ルート》など何の意味あると問ふ少年に

見逃せばボールの球を思ひ切り振つてしまひしやうな悔いあり

手のひらをほのかに温めくるるなりインスタグラムのなかの夕焼け

土の弾力

背景となる空の色を選ばざり力ためゐる冬木の枝は

体力の続くかぎりは働かむ春近き日の土の弾力

立春は明日といふ日の朝刊に廃炉難しの記事が載りゐる

復興の祈りを呼びかくる人らあり灯す明かりはどこまで照らす

積む雪のそこのみ解けて野を占めぬ除染土覆ふ緑のシート

祈りよりとほきところに身を置けり怒り続けることさへできず

原子炉より戻れぬままのロボット等　毎時六〇〇シーベルトを浴ぶ

被曝にも耐へて作業をなしゆかむ筋肉ロボットと名づけられしは

鮭の稚魚

大熊中の新入生は一人とぞ「もごせえどごの話ではねぇ」

＊もごせえどご……「かわいそうどころ」というのとも少し違う。

ふるさとに戻らぬ人あり戻りたる人らが放つ鮭の稚魚たち

鮭の戻る四年ののちをふるさとに戻らぬ人らはいづこに暮らす

福島米の給食をとる級友と並びて少女は弁当開く

「大丈夫です」は「大丈夫ではない」ことを避難の少女を受け持ちて知る

傷つけしを忘れてもゐむ切り分けたる林檎の芯の黒く黴びをり

雲に雲がかさなりながら流れゆく消せる記憶のあるかもしれず

立　葵

二十五歳の息子と短歌を語り合ふ小島ゆかりを〈コジユカ〉と呼び

土手沿ひの道ゆく少年の自転車の車輪を回す春の光は

父の遺ししメモにカタカナ文字多し賢治に似たる写真も残る

断れぬのは性分のせゐなんかぢやない夜の鏡は覗かずに寝る

新緑の木木の間を風がゆくソプラノサックスの音色をのせて

引き出しの奥にしまはれたるままの線量計は〈たまごっち〉に似る

開かざる蕾をあまた持ちながら立葵ゆらりゆらりと揺れる

屋根に地面に立つる雨音違ひたり違へるままに重なりてゆく

サソリ

遅刻しがちな少女を先導するやうに昇降口をつばめが過《よぎ》る

紅男《べにを》のものと思ひこみゐき童謡の「雨」に歌ひし紅緒のかつこ

九十度のお辞儀をされて店を出づ下げゐる頭の背《せな》につきくる

不機嫌な沙也香はそつとしておかう六月の風が教室に吹く

六年を経ても遊漁の許されぬ阿武隈川に魚の影見ゆ

七夕は少年をひと日素直にす短冊に「高校に行きたい」と書き

汚染土を除去土壌と書くまやかしを許して福島の夏は過ぎゆく

正直とはかういふことか　わが送りし林檎を食ふに迷ひしを言ふ

雨の夜にその身をひそかに太らせる古き木造の我が家の柱

くるまれて括られている除染土の息する音の弱くなりゆく

格納容器の調査の役目果たせずに置いてけぼりにされしロボット

原子炉に息絶えしとふロボットは生前サソリと呼ばれてゐたる

林檎の木

歌はねば歌へよいつまで歌つてる身のうちに鳴く蟬のごときが

教育費ただです村に戻つてきてください　休耕田に揺れるひまはり

葉はとうに枯れてもすつくと立ちてゐる向日葵の列に夏が残れり

富岡の児らの授業を見に行きぬ仮設校舎のある三春町へ

閉鎖されし工場が仮設校舎なり避難先より通へる児らの

名づけしは男なるべしトランプの遊びに〈神経衰弱〉などと

若き日のあれはセクハラ笑ひゐし男二人の顔浮かびくる

「林檎の木は雨が好きなの」果樹園を営む友のやはらかき声

音立てて蜂屋柿落つ熟したる重さたうとう怺へきれずに

人間なら初老あたりか刈り小田を一羽のからすがゆつくりと行く

雪の野に直ぐに立ちゐる枯れ茅の穂はどれもみな風下を向く

ほころび

最後まで聞こえゐるとて撫でにけりいつでも話を聞きくれし耳

バイバイとおどけるごとく言ひたるが最後になるとは知らず応へき

すでに遠くなりたる背中を見るごとし喪中欠礼に知らされし死は

かかはりを断ちたる寂しさに耐ふるべし雨にぽろぽろ萩の花散る

身を寄せて浅瀬に眠る白鳥のひと群れ月の光を集む

福島を出でて〈温度差〉実感す　福島は雪、東京は雨

ほころびを縫はざるままにおくごとし原発に触れずもの言ふ日日は

梨畑の徒長枝はみな空を指す〈起つ〉と心を決めたるごとく

哀号

統一の日まで祖国を訪ねずと決めゐる友の歌ふアリラン

避難者の望郷ひとごとにあらざると友が手紙に綴りてきたる

福島《フクシマ》の子へのいぢめを悲しめる友の〈哀号《アイゴウ》〉わが身にひびく

思ひきり泣きたるのちに食ふならば会津山塩の羊羹がよし

昇るほかはないだらうとでも言ひたげに輪郭のなき月が昇れり

雪積める沼の重さよわが歌を寂しと言はれしこと思ひをり

雪原に小さき風を起こしたり今し飛び立てる鷺の翼は

笑はぬ二人

太き枝と幹に電飾は巻かれたり夜の樹は細やかな枝を失ふ

「二十歳の笑顔浪江に戻った」と見出しつく記事に笑はぬ二人が写る

町民の二パーセントしか戻らざる町に「おかえりなさい」の看板が立つ

南を指し延びる線路は錆びゐたり上り電車の出ぬ浪江駅

ふるさとに戻れぬ人らを忘れゐるわれの視界を雪はさへぎる

あの日までの油断はもはや語られず年に一度の「あの日」また来る

福島の右半分は痣のごとしセシウム１３７の沈着マップ

人の住まぬ街を巡りて吹く風の刻みゆくものを歳月といふ

日の暮れの冷えゆく空気に包まるる猪のみが出入りする家

戻らざる息子夫婦を責めはせず「すげねえもんだ」とぽつり呟く

＊すげねえ……さびしい

原発事故関連死とされるべき人たちが震災関連死のなかに括らる

人相のよき顔ひとつも見あたらず答弁に立つ人を映して

放射能検査はせずに刻みたるふきのたうの匂ひ指に残れり

母よりも夢には多く現れる喧嘩ばかりをしてきたる父

わが心にもひよいと入りきてくれまいか小さき水たまりに映る青空

ゆつたりと輪を描きつつ飛ぶ鳶の影が路上を横切りてゆく

雪客と名づけられたる鳥のため野は一面に雪を積みゐる

V

残る感触

演じ終へたる主役の顔をなほ持てる少年の頬ににきび増えをり

登校をしぶる少女を送り来し青き車も見なくなりたり

言ひかけては止める癖もつ少年の机の下の貧乏揺すり

眼鏡の奥の瞳小さくなりゆけり課題出さぬを強く叱れば

卒業証書を受け取らむと立つ女生徒の足首に春の光が及ぶ

一校時二校時といふ区切り方からだより消ゆ　桜満開

口角の上がらぬ顔のつくりゆゑ作り笑ひのうまくはいかず

処方されたる薬の効能に「うつ」とあり目の前に鬱の文字がふくらむ

治療よりいたはることが大事よと九歳下の教へ子は言ふ

チョーク持つ感触が指に残りをり授業なしゐる夢より覚めて

どうしても非を認めぬを叱りし日「大人はどうか」と児は問はざりき

新梢

猛暑日の南部風鈴じつとして鳴らせぬ音を溜めこんでゐる

トリチウム汚染水を海に流すといふ議論の夜を眠る魚たち

小高区の小さな書店〈フルハウス〉エプロン着けて働く柳美里

赤蜻蛉が出口をさがし行き来する常磐線の夜の車中を

窓枠が木だつた頃の雨の日は今よりずつと雨を見てゐた

褒められたき思ひの強さ見抜かれて日本酒一合に酔つたふりする

色の名になりたる鼠との差異は何　モグラは色の名前にならず

いらだちをぶつけることのできぬままぎつしりと飯を盛りて渡せり

出すはずぢやなかつた尻尾出てしまひ人間たちに振つてみたりす

徒らに長しと書ける徒長枝に新梢《しんせう》といふまたの名のあり

うたれたるごんより撃ちし兵十の悲しみ深し　栗がころがる

前向け前の号令ばかりかかるなり後ろを向けば揺るる秋桜

帰還したる児らが小旗など振るならむ〈復興〉五輪の聖火リレーに

〈バランスのよき〉報道に目隠しをされつつ我らいづこへ向かふ

福島駅前自主夜間中学の授業。

「教へます」は前のめりなわが姿勢なり学びたき人ら静かに座る

慰めに「勉強など」と人は言う　その勉強がしたかったのです（鳥居『キリンの子』）

深く共感すると指さす下の句は「その勉強がしたかったのです」

流れのかたち

いやいやをするごとブランコは揺れゐたり呼ぶ声に児が去りてしばらく

避けきれず挨拶を交はす一瞬のぎこちなさ相手の首にも見たり

声を荒げることなく夫は黙しをり屋根打つ雨の不規則な音

蠟引きのキャラメルの包み開くとき指は小さきしぐさ楽しむ

夫とわれとの記憶異なること多し同じ風景みてゐしものを

麦藁色のワインをグラスにみたしたり『マチネの終わりに』読み終へし夜

白き葉が花とも見ゆるハクロニシキ誤解は勝手にするはうがする

それぞれに違ふ煮干しの背の曲がり形はいつの時点に決まる

羽化するに使ひし力残りゐむ樹にしがみつく蟬の抜け殻

指先の強さひとつで赤べこはかぶりも振れば肯ひもする

実りたる稲穂一面に広がりて大地がぐんと盛り上がりたり

夕闇に川面は銀いろ光りつつ空に流れのかたちを示す

あとがき

初めて短歌を作ったのは、大学二年の時だった。目的があって新聞配達を始めたものの、予想以上に厳しい仕事だった。ちょうどその頃、大学で木俣修先生の「近代短歌史」を受講しており、独特の調子で朗々と音読される短歌の調べが耳に残っていたのだろう。冷たい雨の降る朝、配達先で温かい言葉をかけていただいたときの感動が、五七五七七の調べになった。もっと短歌を作りたいという意欲が湧きあがってきた。学内に、木俣先生が指導されている「朱虹会」という短歌サークルがあることを知り、入会した。遠慮なく批評し合う歌会は、刺激があり、楽しかった。先生は私たち学生に「今を生きている一人の人間として、何を喜びとし、何を悲しみ、何に怒っているのかを歌わなければならない。現実をよく見、しっかりととらえなければならない。短歌は人間のいのちの一瞬を刻みつけていく詩なのだ。」と力を込めて話された。先輩に誘われて「形成」に入会し、月例歌会を見学する貴重な機会にも恵まれたが、卒業後、神奈川県で中学校の教員となり、多忙な日常の中でやがて歌作とは疎遠になっていった。

教員になって四年めに、故郷の福島に戻った。阿武隈山系の山間部にある小さな中学校で、二年生を受け持ち、教科書で短歌の単元に入ったときだった。解説の文章のなかに、理科実験に使われる蛙の鳴き声を詠んだ生徒作品が載っていた。その短歌を読んだ時、一人の男子生徒が「蛙、もごせなぁ。」とつぶやいた。忘れていた福島弁の、温かい響きだった。純朴な子どもたちとの出会いのなかで、歌いたい思いが再び湧いてきた。

当時、歌評に惹かれて朝日新聞ふくしま歌壇を愛読していた。テオ・アダムの歌う「冬の旅」を聴いた感動を詠んだ歌の評には、「テオ・アダムの典雅な厳しさも悪くはなかったが、私はかつてヒッシュの『冬の旅』を聴いた時の魂をつかまれたような感激がいまもって忘れられないでいる。」とあり、挽歌には「挽歌というものは、死者の魂しずめであると同時に、残されたものの魂しずめでもある。」との評があった。またある時には「短歌は上手下手よりも、現在に生きている自分の姿が、いかに表現されているかが問題である。」などの示唆もあった。何と人間味にあふれた、魅力的な評なのだろう。この方の指導を受けたいと思うようになった。評者は、郡山で書店を営んでおられるという。直接お願いしてみようと、思いきって郡山市の十字屋書店を訪ねた。それが阿久津善治先生との出会いだった。「見てあげるから、いつでも来なさい。」と優しく言っていただいたときの喜びを今でも忘れることができない。歌を持って先生を訪ねるようになると、書店の奥の座敷でお茶を入れてくださりながら、ご自分の生い立ちや二十代前半に「詩歌」の校正発送の仕事をされた時の苦労話などを聞かせてくださった。今にして思うと本当にかけがえのない時間だった。

先生の主宰されていた「ケルン短歌会」に入会してまもなく「地中海」に入会した。先生は、決してご自分の作風を押しつけることなく、「自分の感性を大事にしなさい。」と常に励ましてくださった。もっと数を作るようにとも言われ続けたがなかなか精進できず、福島市内の中学校に移ってからは、「地中海」誌の締め切り直前まで歌ができないことも多くなった。それでも先生が待っていてくださると思うと、締め切り日の朝五時に起きて高速を飛ばし、往復二時間をかけて十字屋書店の郵便受けに直接歌稿を入れに行くこともたびたびだった。先生が病室からくださった最後の葉書には、見慣れた万年筆の字で「時間を大切に」と書かれてあった。阿久津先生との出会いがあって、「地中海」の方々との出会いがあった。その幸せを今しみじみと嚙みしめている。

阿久津先生が亡くなられてからは、上石不二子さんが、「歌っておけば残るんだから。続けなくてはだめ。」と励まし続けてくださった。仕事や子育て、母の看病などに追われ、歌のできない日々もあったが、先輩方や仲間たちに支えられて続けることができた。続けてきたおかげで、歌が残り、それらの歌を読み返すと、さまざまな場面が鮮やかに目に浮かんでくる。三十代では「生活綴り方」と出会い、「書くこと」を通して子どもたちに確かな認識をと願い、文章を綴らせてきた。「作文を書くには、日頃から五感を働かせなければならない。よく見るのだ。よく聞くのだ。よい鼻を持つことが大事。」「観念的な言葉ではだめ。読み手にもわかるように具体的に表現することが大切だよ。」と子どもたちに話してきた。短歌を作る自分が心がけてきたこともまさにこのことであった。四十代、五十代は仕事に没頭する日々のなかで両親を見送り、自分の歌集を出すことなどは考えもしなかった。

六十代半ばにして初めて歌集を出すにあたり、いつ頃の歌から載せるかには迷いがあった。「婚期過ぎしをひやかす児らと声あげて笑ひつつ心晴れてゆくなり」など若い日の懐かしい歌や出産当時の「大粒の涙ひとつをためてをりこの世に生まれ出でしを泣くなよ」などの忘れがたい歌もあった。迷った末に、子育てをしながら思春期の子どもたちと向き合った日々の歌からを第一章とすることにした。思春期の子どもたちやわが子の心の揺れを受け止めきれずに悩んだ日々。短歌に表現しようと言葉と格闘しながら、彼らの内面にあるものを想像したり、自分自身を見つめ直したりすることができたように思うからである。

第三章からは震災以降の歌である。私自身は福島県中通りに暮らしており、浜通りの方々のような津波被害を受けたり避難を強いられるようなことはなかった。それでも、原発事故後の生活の変化のなかで生じるさまざまな不安や怖れ、やり場のない憤りを詠わずにはいられなかった。自分が見聞きし、肌で感じている一つひとつの具体的な事実を短歌という形で表現したとき、それを誰かに発信したいという思いに駆られた。地中海の仲間に背中を押していただき、歌集を出そうという決心につながった。

東日本大震災、東京電力福島第一原子力発電所の事故からまもなく八年である。廃炉への道のりは遠く、除染土の中間貯蔵施設への運搬も進んではいない。汚染水も溜まり続けている。次々と避難指示が解除される一方で、未だ帰還できないままの住民がいる。しかし、月日が経つごとに、地域や置かれた状況によって抱える問題は個々それぞれのものとなり、見えにくくなっている。先日、母親となった教え子たちと食事をした際、そのなかの一人が、原発事故後すぐに県外に避難した友だちから、当時子どもがいるのになぜ避難しないのかと責められ、傷ついたことを語り出した。避難するにしても福島に留まるにしても彼女たちもまた重い選択を迫られていたのだ。同席した仲間たちは頷きながら「もう昔のままの友だちづきあいはできなくなった。」「避難しなかったことがよかったのかどうか、今も答えは出せなくている。」などと語っていた。こうした小さなひびは数限りなくあることだろう。しかし、そのひびはきちんと語られないままに、「復興」ばかりが前面に打ち出されていく。誰ひとりこの事故の責任を取らないまま「フクシマ」は忘れ去られていくのだろうか。いや私たちは忘れるわけにはいかない。

阿久津先生に教えていただいたことばに「眼聴耳視」がある。見ようとしなければ見えないもの、聴こうとしなければ聴こえないものをとらえるために、五感を磨きながらうたい続けていきたいと思う。

本歌集の出版にあたり、「地中海」の久我田鶴子編集長には、選歌をはじめ細部にわたって貴重なご助言をいただきました。お忙しいなか、多くの時間を割いてくださり、帯文には、歌集名『徒長枝』に寄せたすてきな詩を書いていただきました。心から感謝しております。

末尾になりましたが、砂子屋書房の田村雅之様、装幀の倉本修様には大変お世話になりましたこと、厚くお礼申し上げます。

藤田美智子

二〇一八年一二月一一日

歌集　徒長枝

二〇一九年二月三日初版発行

著　者　藤田美智子
福島県伊達市本町三〇（〒九六〇―〇四六二）

発行者　田村雅之

発行所　砂子屋書房
東京都千代田区内神田三―四―七（〒一〇一―〇〇四七）
電話　〇三―三二五六―四七〇八　振替　〇〇一三〇―二―九七六三一
URL http://www.sunagoya.com

組　版　はあどわあく

印　刷　長野印刷商工株式会社

製　本　渋谷文泉閣